Éditions Palette, 15 boulevard Bourdon, 75 004 Paris
ISBN : 9782358323383
Imprimé en Pologne par Dimograf
Dépôt légal : avril 2022
Loi N° 49-956 du 16 juillet 1949
sur les publications destinées à la jeunesse.

**Philippe Nessmann**

# QUAND J'ÉTAIS PETIT

**Palette...**

# QUAND J'ÉTAIS PETIT,

**je n'imaginais pas écrire ce livre.
J'étais un enfant normal, qui jouait avec ses copains,
qui regardait des films, qui écoutait de la musique.
Par rapport aux enfants d'aujourd'hui, tout était pareil,
et pourtant tout était si différent…**

# QUAND J'ÉTAIS PETIT,

**tout le monde voulait être copain avec mon voisin : c'était le seul du village à avoir une console de jeu vidéo. Il n'avait qu'un jeu, appelé Space Invaders.**

*(C'était avant l'explosion des jeux vidéo. Dans Space Invaders, il fallait déplacer un vaisseau spatial de gauche à droite, et tirer sur des aliens. Pour l'époque, c'était top !)*

# QUAND J'ÉTAIS PETIT,

**comme beaucoup d'enfants, j'avais dans ma chambre plusieurs volumes de l'encyclopédie *Tout l'Univers*. J'adorais la parcourir et découvrir l'histoire de la Terre et la vie des animaux.**

*(C'était avant Wikipédia et les encyclopédies en ligne. L'autre jour, j'ai retrouvé un volume de* Tout l'Univers *dans le grenier. Je l'ai trouvé terriblement vieillot…)*

# QUAND J'ÉTAIS PETIT,

**Lucky Luke avait toujours une cigarette au bec.**

***(C'était avant son remplacement par un brin de paille, en 1983, car un héros qui fume donne un mauvais exemple.)***

# QUAND J'ÉTAIS PETIT,

**les mangas se lisaient comme des livres normaux, de gauche à droite.**

*(C'était avant qu'ils ne soient édités « à la japonaise », de droite à gauche. Dans les années 1980, les éditeurs français adaptaient les premiers mangas au sens de lecture occidental. Mais cela coûtait cher, alors ils ont cessé de le faire et nous nous sommes habitués au sens de lecture japonais.)*

# QUAND J'ÉTAIS PETIT,

**et qu'on me demandait de décrire un sorcier célèbre,
je pensais immédiatement à « longue barbe blanche »,
jamais à « petites lunettes rondes ».
Eh oui, Merlin l'Enchanteur a une longue barbe !**

*(C'était avant Harry Potter, né sous la plume
de l'autrice J.-K. Rowling en 1997.)*

# QUAND J'ÉTAIS PETIT,

**il y avait dans la bibliothèque
de mon grand-père des livres qui n'avait jamais été lus :
je le sais, car leurs pages n'étaient même pas coupées.**

*(C'était avant le massicotage automatique de tous les livres : autrefois, les bords des livres cousus n'étaient pas coupés à l'imprimerie. Le lecteur devait le faire lui-même avec un coupe-papier, avant de pouvoir lire.)*

# QUAND J'ÉTAIS PETIT,

**pour connaître l'heure exacte, il fallait téléphoner à l'horloge parlante. Une voix enregistrée disait alors : « au quatrième top, il sera exactement… » Ma grand-mère préférait caler sa montre sur le carillon qui marquait les heures, sur Europe 1.**

*(C'était avant que tous les téléphones et tous les ordinateurs ne donnent l'heure exacte, en permanence.)*

# QUAND J'ÉTAIS PETIT,

**une fois par an, le facteur apportait le nouvel annuaire téléphonique : c'était un gros catalogue avec les numéros de tous les abonnés du département. Parfois je le feuilletais à la recherche des noms de famille rigolos.**

*(C'était avant la disparition de l'annuaire papier en 2020. La recherche d'un numéro se fait dorénavant par Internet.)*

# QUAND J'ÉTAIS PETIT,

**pour composer un numéro de téléphone, il fallait faire tourner un disque. Lorsqu'on se trompait, il fallait tout recommencer depuis le début.**

*(C'était avant le remplacement des cadrans par des claviers numériques. Heureusement, à l'époque, les numéros n'avaient encore que six chiffres.)*

# QUAND J'ÉTAIS PETIT,

**pour une raison que j'ignore, le fil du combiné téléphonique finissait toujours par s'entortiller sur lui-même, comme celui du sèche-cheveux.**

*(C'était avant les téléphones sans fil. Un fil reliait le combiné téléphonique – dans lequel on parlait – à sa base, et un autre allait de la base à la prise murale. Impossible de s'en éloigner pour téléphoner tranquillement !)*

# QUAND J'ÉTAIS PETIT,

**il y avait dans les rues des cabines téléphoniques pour passer des appels. Il m'arrivait de faire la tournée des cabines, à la recherche de piécettes oubliées par un précédent utilisateur.**

*(C'était avant la disparition des cabines. Dans les années 2010, les téléphones portables les ont rendues inutiles.)*

# QUAND J'ÉTAIS PETIT,

**au musée, il n'y avait rien d'autre à faire que…
regarder les peintures et les sculptures.
Ce n'était pas toujours folichon.**

*(C'était avant les audioguides et les jeux de piste pour les enfants.
Bien sûr, on va au musée pour admirer des œuvres d'art. Mais si on p
en plus avoir des explications adaptées en s'amusant, c'est mieux !)*

# QUAND J'ÉTAIS PETIT,

**j'adorais les numéros de cirque avec les lions et les otaries qui tenaient des ballons en équilibre sur leur museau.**

*(C'était avant la loi de novembre 2021 sur l'interdiction progressive des animaux sauvages dans les cirques. Toutefois, les numéros avec des animaux domestiques, comme les chiens ou les chevaux, restent autorisés.)*

# QUAND J'ÉTAIS PETIT,

**avant le film au cinéma, une vendeuse passait dans les rangs avec un panier plein d'Esquimaux glacés. Ça donnait envie !**

*(C'était avant que les friandises ne soient vendues près des caisses.)*

# QUAND J'ÉTAIS PETIT,

**voir un film au cinéma se méritait : auparavant, on n'échappait pas aux actualités cinématographiques, qui donnaient des informations politiques, culturelles ou sportives, sous la forme d'un film d'une quinzaine de minutes.**

*(C'était avant la télévision. Dans les années 1960, lorsque les actualités sont entrées dans les foyers grâce à la télé, elles ont disparu des salles de cinéma.)*

# QUAND J'ÉTAIS PETIT,

**j'ai vu *Star Wars* à sa sortie, au cinéma.
Avec ses incroyables courses de vaisseaux spatiaux,
je pensais ne jamais voir de meilleurs
effets spéciaux de toute ma vie.**

*(C'était avant les effets spéciaux numériques.
En 1977, les effets spéciaux étaient réalisés avec des maquettes,
des décors et des acteurs à l'intérieurs des robots. Depuis,
les images entièrement produites sur ordinateur ont donné
un petit coup de vieux au premier film de la saga.)*

STAR
WARS

# QUAND J'ÉTAIS PETIT,

**pour fabriquer un dessin animé,
il fallait réaliser à la main plus de cent mille dessins.
Pas étonnant que Disney n'en sortait
qu'un tous les deux ans !**

*(C'était avant l'animation numérique : désormais,
on entre des modèles dans un ordinateur, et c'est lui qui dessine
les images en fonction des consignes qu'on lui donne.)*

# QUAND J'ÉTAIS PETIT,

**j'attendais avec impatience le mercredi suivant – douce torture ! – pour connaître la suite des aventures d'Esteban, Zia et Tao dans *Les Mystérieuses Cités d'or.***

*(C'était avant le streaming. Les chaînes de télévision diffusaient un nouvel épisode (et un seul !) par semaine. Il fallait donc attendre et surtout de ne pas rater la diffusion, car le replay n'existait pas.)*

# QUAND J'ÉTAIS PETIT,

**avant de louer un film pour la soirée,
il fallait d'abord enfiler… ses chaussures.**

*(C'était avant la vidéo à la demande (VOD). La location s'effectuait dans des vidéo-clubs : il fallait chercher la cassette vidéo ou le DVD du film dans une boutique, puis le rapporter après le visionnage.)*

# QUAND J'ÉTAIS PETIT,

**je croyais que les Barbapapa étaient gris, sauf Barbamama et Barbouille qui étaient noirs.**

*(C'était avant la télévision en couleurs. Les premiers téléviseurs étaient en noir et blanc. La diffusion d'images colorées a commencé en France en 1967 mais la vente de téléviseurs couleur n'a décollé que dans les années 1980.)*

# QUAND J'ÉTAIS PETIT,

**quand on accrochait un téléviseur au mur, le mur risquait de ne pas tenir !**

*(C'était avant les écrans plats. La production d'images animées se faisait grâce à un tube cathodique. Un écran de 80 cm de diagonale mesurait 50 cm de profondeur et pesait… 65 kg ! Aujourd'hui, un écran plat LCD de la même taille pèse moins de 5 kg.)*

# QUAND J'ÉTAIS PETIT,

**les programmes télévisés s'arrêtaient vers minuit. Ensuite, toute la nuit, il y avait soit de la neige sur l'écran, soit une mire.**

*(C'était avant la diffusion 24 heures sur 24. À l'époque, il n'y avait que trois chaînes, TF1, Antenne 2 et FR3, mais aucune ne diffusait de programmes la nuit.)*

# QUAND J'ÉTAIS PETIT,

**lorsque je n'aimais pas quelque chose (un film, un livre, un professeur, un camarade, ma soupe), mes parents étaient au courant et parfois mes copains, mais c'était tout.**

*(C'était avant les réseaux sociaux, qui permettent de dire à beaucoup de monde des choses qui n'intéressent pas grand monde.)*

# QUAND J'ÉTAIS PETIT,

**lorsque mon père écrivait une lettre sur sa machine à écrire, une petite sonnette tintait à la fin de chaque ligne.**

*(C'était avant le traitement de texte sur les ordinateurs.)*

# QUAND J'ÉTAIS PETIT,

**ma mère cherchait longtemps la bonne formule de politesse à mettre à la fin des lettres : « Je vous prie de croire en mes respectueux hommages », « Veuillez agréer l'expression de mes salutations distinguées » ou encore « Je vous prie de recevoir l'assurance de mon profond respect ».**

*(C'était avant les « Cordialement », les « Bien cordialement » et les « Cdlt » à la fin des mails et des textos.)*

# QUAND J'ÉTAIS PETIT,

**lorsque j'écrivais à ma tante qui vivait au Brésil, j'utilisais un papier spécial très fin. Je le glissais ensuite dans une enveloppe tout aussi fine, avec un liséré bleu, blanc, rouge et l'inscription « Via Air Mail/Par Avion »**

*(C'était avant les mails.)*

# QUAND J'ÉTAIS PETIT,

**pour faire un selfie, il fallait d'abord être rapide, puis être patient !**

*(C'était avant les smartphones. Il fallait poser l'appareil photo sur un support, puis déclencher le retardateur. On avait alors quelques secondes pour se placer devant l'appareil et, quand c'était fait, on devait attendre le déclenchement de la photo.)*

# QUAND J'ÉTAIS PETIT,

**j'ouvrais avec inquiétude le paquet de photos que je venais de faire développer : à l'intérieur, il y en avait toujours une bonne moitié trop claires, trop sombres, mal cadrées ou floues…**

*(C'était avant les photos numériques. Pour prendre des photos, il fallait mettre une pellicule dans un appareil photo, puis apporter le film dans un magasin spécialisé. Il était alors développé et les photos étaient tirées sur du papier.)*

# QUAND J'ÉTAIS PETIT,

**mes parents invitaient des amis pour des «soirées diapo». Ils projetaient les photos de nos vacances sur le mur blanc du salon.**

*(C'était avant Facebook et Instagram. Les diapositives étaient des photos imprimées sur un film transparent. Un projecteur permettait de voir l'image en grand sur un mur.)*

# QUAND J'ÉTAIS PETIT,

**lorsque nous regardions un film de vacances en famille, le projecteur Super 8 emplissait le salon de son bruit de moulin à légumes.**

*(C'était avant la vidéo. Filmer se faisait grâce à une caméra et à une pellicule. Cela coûtait très cher et, bien sûr, le film restait dans le cadre familial. Il y n'avait ni YouTube, ni TikTok.)*

# QUAND J'ÉTAIS PETIT,

**et que j'entendais une chanson sympa à la radio, vite !, je l'enregistrais. Mais, le temps de mettre la cassette dans l'enregistreur et d'appuyer sur la touche « REC », je ratais toujours le début du morceau.**

*(C'était avant les sites de streaming musicaux, qui permettent d'écouter les chansons qu'on veut, quand on veut, où on veut.)*

# QUAND J'ÉTAIS PETIT,

**je m'amusais à écouter des disques 33 tours à la vitesse de 45 tours par minute : c'était rigolo d'entendre la chanson en accéléré avec des voix aiguës.**

*(C'était avant le développement des cassettes audio (années 1970), puis des CD (années 1980), puis du streaming (années 2010), et enfin du retour des disques vinyle !)*

# QUAND J'ÉTAIS PETIT,

**lorsque mon frère faisait du piano,**
**ça faisait surtout… du bruit.**

*(C'était avant les pianos électroniques, avec la possibilité de régler le volume et de mettre un casque.)*

# QUAND J'ÉTAIS PETIT,

**je dessinais sur mon Télécran des maisons avec des murs bien droits, une belle porte et une jolie cheminée verticale. Les pentes du toit, elles, étaient toujours bancales et tremblotantes…**

*(C'était avant les tablettes tactiles, sur lesquelles on peut dessiner, jouer, regarder des films…)*

# QUAND J'ÉTAIS PETIT,

**je rêvais de taper 3615 PENDU sur le Minitel et de faire une partie de pendu. Mais ça coûtait si cher que mes parents l'auraient vu sur la facture de téléphone, alors je renonçais.**

*(C'était avant la disparition du Minitel dans les années 2000 et l'apparition des boutiques de jeux sur téléphone, App Store ou Google Play.)*

# QUAND J'ÉTAIS PETIT,

**je me faisais gronder parce que je restais trop longtemps au téléphone avec mes copains : pendant ce temps, comme il n'y avait qu'un téléphone dans la maison, personne d'autre ne pouvait passer de coups de fil.**

***(C'était avant… avant rien, car rien n'a changé : aujourd'hui encore, les enfants se font gronder parce qu'ils passent trop de temps au téléphone, mais pour des raisons différentes !)***

# QUAND J'ÉTAIS PETIT,

**ce n'était ni mieux ni moins bien qu'aujourd'hui.**

*(C'était juste avant)*

## CRÉDITS

Les œuvres présentées appartiennent au domaine public, à l'exception des œuvres suivantes :



**Si malgré nos efforts, nous n'avons pas été en mesure de joindre les ayant-droits, nous les invitons à nous contacter.**